I wünsch da vü Glück

KATHI KITZBICHLER

I wünsch da vü Glück

Mit Fotografien
von Peter, Manfred
und Kathi Kitzbichler,
Lisa und Christoph Edenstrasser

Edition Tirol

Kitzbichler Kathi: I wünsch da vü Glück
Kathi Kitzbichler. – Reith i. A.: Edition Tirol, 2012

ISBN-13 978-3-85361-162-3
1. Auflage 2012

Satz und Gestaltung:
www.edition-tirol.com • A-6230 St. Gertraudi 16

Inhaltsverzeichnis

An der Kathi Ritzbichler habe ich immer ihre unerschöpfliche Schaffensfreude bewundert. Als ich sie und ihren Peter in ihrem Daheim im Tal näher kennenlernen durfte, begann ich, die Quelle ihrer Kraft zu verstehen. Der Heimatboden ist es, der mit jeder Zeile ihrer Gedichte zu spüren ist. Schlichte ungekünstelte Ehrlichkeit findet aber immer ihren Weg in das Gemüt und in die Herzen der Leser.

Sepp Forcher

Vorwort

An der Kathi Kitzbichler habe ich immer ihre unerschöpfliche Schaffensfreude bewundert. Als ich sie und ihren Peter in ihrem Daheim in Erl näher kennen lernen durfte, begann ich, die Fülle ihrer Kraft zu verehren. Der Heimatboden ist es, der aus jeder Zeile ihrer Gedichte zu spüren ist. Schlichte, ungekünstelte Ehrlichkeit findet eben immer ihren Weg in das Gemüt und in die Herzen der Leser.

Sepp Forcher

I wünsch da
vü Glück

Da Schlüssl zum Glück

Den kloanen Schlüssl fi des Glück,
den mecht a jeda habn,
und moant, ea war in Macht und Ruhm,
im stoizn Prunk vagrabn.

Den kloanen Schlüssl fi des Glück,
den suacht da Mensch zeitlebns,
doch wenn an nur im Woistond suacht,
donn suacht an gwiß vagebns.

Wea nur noch Göd und Reichtum suacht,
begreiftn net, den wahrn Sinn,
weil da Schlüssl fi des Glück
liegt im Oiakloanstn drin.

8
9 10 11 12 1 2 3 4
5

Mochs wia de Sonnenuhr

Mochs wia de Sonnenuhr
und zöh de schenen Stundn nur.
Vagiss oin Kumma und ois Leid,
es kimmb oi Tog a neie Zeit.

Mochs wia de Sonnenuhr
und zöh de hoatan Stundn nur.
Vagiss, wos ma net ändan ku,
vazog net länga dru.

Mochs wia de Sonnenuhr
und zöh de schenen Stundn nur.
Genieß a jedn sunning Tog,
donn is des Lebn dia koa Plog.

I wünsch da vü Glück

I wünsch da fürs Lebn
vü Glück und vü Freid,
i wünsch da vo Herzn
a recht schene Zeit.

I wünsch da de Gsundheit,
a friedliches Lebn,
und sorglose Stundn
söds nur fi di gebn.

I wünsch da vo Herzn
dass rundum ois stimmt,
dass oi dei Erhofftes
in Zukunft a kimmt.

Sunn, Mond und Stean

Hoi dia de Stean,
nimms in dei Hond
und knupf bis zum Himme
a goidanes Bond.

Hoi dia den Mond,
sein sübanen Schei,
und lass oi sein Glonz
in da Seele drin sei.

Hoi dia den Sunnschei,
hoi da'n ins Gmiat,
weil dia donn des Leichtn
gor nia mea vagliat.

I wünsch da vü Zeit

I wünsch da vü Zeit
zum Lachn und Scherzn,
zum Hoffn und Staunen,
zum liab sei vo Herzn.

I wünsch da vü Zeit
zum Trama und Rastn,
net zum Vageudn,
zum Renna und Hastn.

I wünsch da vü Zeit
zu dia söwa zu finden,
jedn Tog, jede Stund,
ois Glück zu empfindn.

Des mecht i dia wünschn

De Sunn im Gsicht,
den Wind im Ruggn,
dei Schutzengl
bau dia a Bruggn.

A Regnbogn
söd di fian,
donn kust dein Weg
gornia valian.

Des Glück steh dia
oi Tog zur Seitn,
es söd di stets
durchs Lebn begleitn.

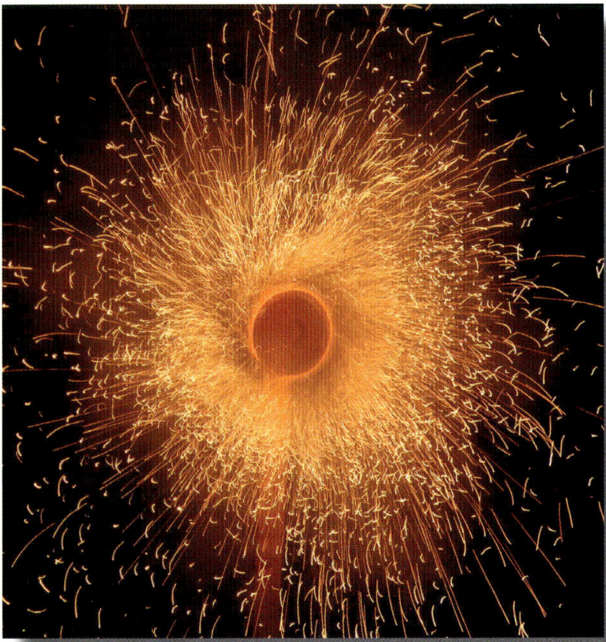

A poor Sunnstroin fi di

I schick dia de Sunn,
de Sunn fürs gonz Lebn,
si söd fi di scheina,
dia Wärme mitgebn.

I schick dia de Sunn,
i schick sie dia noch,
sie söd di begleitn,
wia a Fluss, wia a Boch.

I schick dia de Sunn,
ian goidanen Schei,
sie söd fi di leichtn,
togaus und togei.

Sei glücklich

Sei glücklich, moch koa traurigs Gsicht,
und lass das net vedriaßn,
's gib so vü Sachn auf da Wöt,
de ins des Lebn vasiaßn.

Jeds Kindalachn is a Gschenk,
des dia des Herz beriascht,
de Fröhlichkeit, de steckt di u,
dass du des Glück vaspiascht.

A jede Blume an dein Weg,
mocht dia a wohre Freid,
de Sunn, da Mond, de Stean,
und jede Johreszeit.

Denk noch, wia sche de Wöt krot is,
wia wundabor d'Natur,
donn bist du aufn Weg zum Glück,
dem Wunda auf da Spur.

I wünsch da Zeit zum Trama

I wünsch da Zeit zum Rastn,
de Auszeit tuat da guat,
sie mocht di wieda ruhig
und schenkt da gonz vü Muat.

I wünsch da Zeit zum Denkn,
donn schöpfst du wieda Kraft,
weil nur da Geist im Menschn
de Quelln zum Lebn schafft.

I wünsch da Zeit zum Lachn,
des is a Lebnsbrunn,
mit Heitakeit und Frohsinn
scheint dia oi Tog de Sunn.

I wünsch da Zeit zum Lesn,
de Nahrung fi den Geist,
de dia dei reiches Wissen
und a de Seele speist.

I wünsch da Zeit zum Trama
und Luftschlössa zum baun,
bleib steh um drobn am Himme
den Woikn nochzuschaun.

Kloana Mensch

Kloana Mensch, du großes Wunda,
willkommen auf da Ean,
dei Lebnslauf soi glückerfüllt
und unbeschwerlich wean.

Kloanes Kind, du junges Lebn,
koa Mensch is so wia du,
du bist für mi a wahres Gschenk,
a Freid, dass i di hu.

Kloana Mensch, du großes Wunda,
du gheast nur dia alloa,
i ku di net besitzn,
bist du a nu so kloa.

Kloanes Kind, du junges Lebn,
i hu di furchtbor gean,
dei Zeit auf deara Wöt
soi sche und sorglos wean.

Kloana Mensch, du großes Wunda,
i trog di in mein Herz,
do trog i di a Lebn long,
trog mit dia Glück und Schmerz.

Fi dei Zukunft

I wünsch da a schene,
a friedvolle Zeit,
an lebfrischn Muat
und am Dasein vü Freid.

I wünsch da de Gsundheit
fi heit und oi Tog,
und dass dia a Engl
zur Seitn steh mog.

I wünsch da an Frohsinn,
i wünsch da de Liab,
i wünsch da, dass gornix
dei Seele betriab.

I wünsch da, dass ois,
wos da vornimmst so glingt,
dass Lebn dia Erfoig
und Erfüllung nu bringt.

Mia wünschn enk vü Glück

De schenste Zeit im Erdnlebn
is von da Liab des junge Glück,
wenn sich zwoa Herzn gonz vawebn,
im gleichn Sinn, im gleichn Blick.

A ös zwoa hobts enk gfundn,
gebts enk de Hand zum Ehebund,
de Liab und Treu fi alle Stundn,
vasprechts enk heit mit Herz und Mund.

De schene Zeit da jungen Liab,
bleib enk oizeit und oi Tog neu,
gonz echt und klor und niamois triab,
bleibts enk vo Herzn ehrlich treu.

Mia wünschn insan jungen Paar,
a Lebn volla Freid,
und gonz vü gsunde, schene Johr,
den Seng von obn fi oizeit.

Zum Geburtstog ois Guate

Mia wünschn da Glück,
mia wünschn da Freid,
mia wünschn vü Liab
und a friedliche Zeit.

Dass ois wos du ufongst,
zum Guatn sich draht,
dass oiwei da Wind
vo da richting Seit waht.

Dass ois, wos d' da wünscht,
in Erfüllung dia geht,
dass oiwei dei Woisei
im Mittlpunkt steht.

A recht guate Gsundheit
söd da Herrgott dia gebn,
vü wertvolle Stundn
und a reich erfüllts Lebn.

alles Gute

Zum Muattatog ois Guate

Mei Lebn auf da Ean do
vadonk i nur dia,
weil du host mi woin
und host jo gsogt zu mia.

Du host ma ois gleant,
de Sproch und jeds Wort,
du worst vo oin Ufong
mei Wiag und mei Hort.

Du host an mein Bettä
oft stundnlong gwocht,
du host mi beschützt
bei Tog und bei Nocht.

Du bist mit mia gonga
host mi gfiascht bei da Hond,
host mi oizeit umsorgt
mit Herz und Vastond.

I kus net vagötn,
wos d' tu host fi mi,
drum sog i heit oafoch
Vagöts Gott dafi.

Ois Guate zur Goidhochzeit

Mia feian heit mit guatn Grund
und gratulian enk oi zur feinen Stund.
Fuchzg Johr sends wirklich wert,
dass ma enk gonz bsunas ehrt.

A schene, longe Zeit
in Liab und in Geborgnheit.
In deana fuchzig Johrn,
hobts ös vü Schens und Guats erfohrn.

Ös hobts gemeinsam gonz vü gschafft,
mit enkra storkn Willnskraft.
Durch Dick und Dünn seids gonga,
mit monche Sorgn und a Bonga.

Bestimmt wors a net oiwei leicht,
doch iaz hobts ös de Goidane erreicht.
Mia donkn enk fi Mia und Plog,
an enkan hochn Ehrntog.

Mia wünschn enk des Oiabest
zum heiting, goidnen Hochzeitsfest.
Vü Gsundheit nu fi enka Lebn,
söd enk da liabe Herrgott gebn.

Zur Hochzeit vü Glück

De junge Liab, des junge Glück,
is von da Seligkeit a Stück.

Wenn sich zwoa Herzn gonz vawebn
und sich aus Liab des Jawort gebn.

Reichts enk de Hond zum Ehebund,
vasprechts enk heit mit Herz und Mund,

de Liab und a de Treue,
oiwei wieda und aufs Neue.

Mia wünschn insam jungen Paar,
vü schene, gsunde Johr.

Oi Tog nur Glück und Freid,
und a sorgnlose Zeit!

I wünsch da

Noch jedn Sturm
an Regnbogn.

Noch jeda Träne
a Lachn.

Noch jeda Schwierigkeit
a Hüf.

Noch jeda Sorge
a Aussicht.

Noch jedn Seufza
a schens Liad.

Noch jedn Unglück
an Trost.

Noch jedn Streit
a Vasöhnung.

Noch jeda Kränkung
an Arm um de Schulta.

Gean hom

Es braucht net vü Worte,
de Liab is net laut,
ma braucht nur des Gfüh,
dass ma anonda vatraut.

An Menschn kust gean hom,
gonz oafoch und stü,
gonz schlicht und gonz söbstlos,
do brauchts gornet vü.

Sei Hond hem und streichln,
wos Netts zu eam song,
a Bussal aufdruckn
und gornet long frong.

Es kimmb a ondra Tog

Es is a Trost, de Zeit heilt Wundn,
und ois wos di heit druckn mog,
des schlimmste Leid vageht,
es kimmb a ondra Tog.

Es is a Kemma und Vaschwindn,
fi oiwei bleibt des Unglück nia,
de schenen, heitren Stundn
de finden zrugg zu dia.

Du hoffst und bongst heit net vagebns,
des Glück hoit sich de Woog,
da Wechsl is des Los des Lebns,
es kimmb a ondra Tog.

Liabe Braut, liaba Bräutigam!

So liacht und hell wia Sunn und Stean
söd enka Oitog oiwei wean.
Des Liacht söd enk durchs Lebn begleitn
und gonz vü Glück und Freid bereitn.

So wia des Wassa rinnt im Boch,
so rinn de Liab enk oiwei noch.
Gonz klor, durch nix betriab,
sei enka junge, zarte Liab.

So wia des Feua, warm und fei,
soin enkre trautn Stundn sei.
De Liab, beständig, treu und guat,
dass nia valöschn mog de Gluat.

So wia da Ring an enkre Händ,
dea ohne Ufong is und End,
so soi a enka Liab besteh,
und's gonze Lebn long nia vageh.

Des ois wünsch i dia

A Liad auf de Lippn,
a Lächln im Gsicht,

im Herzn de Liab
und a lustigs Gedicht.

An Friedn im Herzn,
zum Trama nu Zeit,

an Muat und de Hoffnung,
in da Seele vü Freid.

A guats, neis Johr

I wünsch da recht a guats, neis Johr,
dass deine Wünsche oi wean wohr.
Das d'oiwei froh bleibst und recht gsund,
vom Glück ausgfüllt sei jede Stund.

A Engl sei dia zum Geleit,
ea söd di schützn vo oin Streit,
vor Kumma und vor Sorgn,
ea söd di schützn heit und morgn.

Des Johr söd dia vü Frohsinn gebn,
a reich erfülltes, guates Lebn.
An Friedn iwa Haus und Lond,
a freindschaftliche Nachbarshond.

I wünsch da de Zufriednheit,
an Frohsinn und vü Freid,
vom Lebn krot de sunning Seitn,
dei Engl söd di stets begleitn.

De vier Johreszeitn

De vier Johreszeitn

Wia sche is des Fruajohr,
wenn ois steht im Blia,
wenn d'Langsvögl singan
oi Tog in da Fria.

Wia sche is da Summa,
voi Wärme und Gluat,
de fein, lauen Nächte
de toan ins so guat.

Wia sche is da Herbst,
mit sein goidanen Gwond,
wenn a ziacht übas Landl
sei farbiges Bond.

Wia sche is da Winta,
im sübanen Glonz,
de eisige Landschaft
im Schneeflockntonz.

Liachtmess

Mia hom scho drauf gwort
und gfreidig betrocht,
wia d'Sunn oi Tog wieda
an höhan Bogn mocht.

Iaz scheints a Stund länga,
des tuat ins scho guat,
des lasst ins scho hoffn
und mocht ins vü Muat.

Neamd nimmt ins de Hoffnung,
mia wissn bestimmt,
dass nimma long dauascht,
bis da Langs wieda kimmt.

Kimmb boid des Fruajohr

Weidnkatzä schliafn aus,
Knospn brechn auf,
's Grasä wochst am sunning Roa,
kimmb warma Regn drauf.

Gfleckat lieng de Wiesn do,
da Schnee is woach und oit,
da Märznwind blost drübahi
iaz kimmb des Fruajohr boid.

Schmilzt des Eis im tiafn See,
trupft de Traf vom Doch,
kimmb da warme Wind, de Sunn,
apats noch und noch.

Ku ma wieda Sunnschei tankn,
ku iwa d'Wiesn geh,
im Fruajohr is de Wöt
krot nu amoi so sche!

Wenn de Natur erwacht

Siechst du, wia dort am Woidrond
de Himmeschlissl blian,
wia zarte, kloane Veilchen
am Weg entlong di fian?

Heast du des Wassal murmln
wias munta di begriaßt,
wias üba Stoa und Wurzln
durch d'Wiesn oichischiaßt?

Gspiast du des laue Lüftal,
vom Wind an feinen Hauch?
Ea biagt de zartn Astl,
de Gräsa und an Strauch.

Heast du de Vögl zwitschan,
hoch obn auf de Äst?
Sie singan jo so gfreidig
und sen so liabe Gäst.

Siechst du den Regnbogn
am Firmament drom steh?
Wia is doch insa Wöt
so farbnfroh und sche.

Gspiast du den warmen Sunnschei?
Ea tuat so woi und guat,
beriascht di in da Seele
und mocht da wieda Muat.

Hoch om auf de Oima

Hoch om auf de Oima,
do dunkts mi so fei,
do mog i gean wondan,
do mog i gean sei.

Donn trogt ma da Oimwind
des Gloggngleit zua,
auf da Oim is so friedlich,
auf da Oim is de Rua.

Do siech i de Gipfe
weithi üba d` Oim,
siech Viecha brav grosn,
de Kia und de Koim.

Hoch aufi auf d' Oima,
do ziachts mi hoit hi,
weil i auf da Oim om,
am glücklichstn bi.

Oimabfahrt

Da Summa is aus
und de Tog wean scho kurz,
ois is beim Vablian,
gor da Enzianwurz.

De Kia ziachn toiwärts,
de Leitkua voru,
sie hot ummadum
lauta Aufbischa dru.

Oi Kia trong a Gloggn,
de Kaiwä a Schö,
dia winzign Glöggä
dia klingan sche hö.

Voi Buschn und Kranzl
so kemmans dahea
je schena da Aufputz,
desto größa des Gschea.

De Sennarin juchazt
weils Viech is ois gsund,
mehr ku ma net wünschn
in so oana Stund.

De letztn Rosn

De letztn Rosn sen vabliat,
de Summahitz is längst vagliat.
Am Berg liegt scho da easchte Schnee,
a koite Wind pfeift üban See.

Da Spatherbst ziacht ins Lond
und gibt dem Winta scho de Hond.
De Tog wean kurz und long de Nocht,
vorbei is mit da Farbnprocht.

De Bam stehn kahl und leblos do,
de letztn Blattl foin scho o.
D` Natur legt sich zur Rua
und stöt ois Blian und Wochsn zua.

Da goidne Herbst

Da goidne Herbst
ziacht übas Land
und stickt a buntes
Farbnband.

Ea pinslt fleißig
üba Nacht,
de Blattln u
in volla Pracht.

Ea schütt de Farbn
üban Woid,
und hüllt de Bam
in pures Goid.

Ea taucht des Lab
vom wüdn Wei
in seine buntn
Farbtöpf ei.

Boid is vorbei
mit oi dea Pracht,
da Frost kimmb plötzlich,
üba Nacht.

Donn foin de Blattln
stad vom Bam,
des Farbnspüh
wor krot a Tram.

Und is da Herbst
a nu so sche,
ois hot sei Zeit,
ois muaß vageh.

Novembastimmung

De Nebl ziachn schwar und grau,
zu Rauhreif gfriascht am Boch da Tau.
Von d'Ahornbam des goidne Gwond
blost da Wind weit übas Lond.

De Tog wean kurz und long de Nocht,
vorbei de bunte Farbnprocht.
D' Natur legt sich gonz stad zur Rua
und stöt des Blia und 's Wochstum zua.

De Sunn, sie warmt ins nimmamea,
vom Nordn pfeift da Schneewind hea.
De Flockn tonzn fei auf d'Ean,
dass Woid und Felda zuadeckt wean.

Vahüllt wean Strauch und Heckn
von oana lindn, woachn Deckn.
De Tog sen frostig und eiskoit,
des Johr is miad, des Johr is oit.

Puivaschnee

Durchn Puivaschnee stapfn,
auf zuagschniebne Weg,
nemman eiskoitn Bachä
üba gonz schmale Steg.

De Landschaft betrachtn,
do wo si nix riascht,
nur a Wüdspur gonz hoamlich
zum Fuattastoi fiascht.

De Bam und de Streicha
sen weiß auf und auf,
de Zaunsteckn hom oi
a Schneehäubä drauf.

Kristallsteandl funken
in Woid und in Föd,
ois glonzt und ois glitzascht,
wia sche is de Wöt!

Wintanocht

Da Frost haucht feine Häklspitzn
gonz zort aufs Scheibnglos,
ois bliat und in de Fenstaritzn,
wochst Farn und eisigs Gros.

Kristalle glitzan auf de Bam,
ois funket in da Nocht,
an wundaschenen Wintatram,
hot ins da Frost heit brocht.

Lach a bissl

De Pisa Studie

De Zeitungen homs oi scho gschriebn,
mia sen iaz auf da Streckn bliebn.
De Pisa Studie zoagts auf,
mia sen hoit nimma so guat drauf.

Wos insa Bildung ubelong,
des Resultat hot nimma glong.
Iaz schaung ma ins des amoi u,
wos insa Jugend so ois ku.

De easchte Frog, de kriagt de Lisa.
Wo steht da schiefe Turm vo Pisa ?
Des woaß i net, i glab ea is,
in Amstadam oda Paris.

De zwoate Frog, dass i net liag,
de hondlt üban 30 jähring Kriag.
Wialong dea domois dauascht hot,
wia long denn eppa krot?

Da Hansi sogt, geht mi nix u,
i kus net wissen, weil i hu,
jo doscht nu gornet glebt,
i hu nu nia a Bix aufghebt.

Na so a Kas, des ku enk song,
dia södn ins wos Gscheitas frong.
Wos is denn woi da Gordisch Knotn,
wos is denn des, wia söd ma votn?

De Helga glabt, dass sie des woaß,
ia Tipp moant sie, dea war echt hoaß.
Sie is da Lösung auf da Spur,
des is a Gogl, a Frisur!

Wo sen de Niagara Fälle?
De Margit sogt iaz auf de Schnelle,
dia lieng bei ins dahoam im Zimma obn,
dia woachn Felle ku ma lobn.

De sen so kuschelig und fei,
des wean de Niagara Fälle sei.
Des wor oba a leichte Frog,
so, wia i sie hoit gean mog.

De naxte Frog is sicha schwara,
de löst vielleicht de schlaue Klara.
De Frog, wea denn da Einstein wor?
A Steinzeitmensch, des is decht klor.

Wos woaß ma übas Oite Testament?
Dia glam woi, dass mia lauta Trottl send.
Des is an Großvota sei letzta Wille,
dazua brauch i koa Brille.

Und wos Balladn sen, woins frong,
a Islamführa, tat i song.
Und wea worn de Gebrüda Grimm?
Jo, diasn Briada, dia worn schlimm.

Des woaß i gwiss, des huni glesn,
des sen decht Max und Moritz gwesn.
Iaz glongts ma oba, iaz is gnuag,
iaz is a voi, da Kruag.

De Studie brauchn mia net,
mia sen jo decht oisond net bled.
Da Klaus gibt nu sein Senf dazua,
i hu null Bock, i mecht mei Rua.

Dia sen mia wurscht, dia bledn Frong,
dazua ku i enk gornix song,
weil i a Leseschwäche hu
und dia Texte gornet lesn ku.

I vasteh koa Frog, koan Satz,
dea Pisa Test is fi de Katz!

Oi Sprochn

Na, wos ma heitzutog ois heascht,
in da Saison, 's is gonz daweascht.
De Gästeschicht is intanational,
de Leit, dia roasn heit global.

Vü kemman ins Tiroialond,
bei ins, do gibts jo oiahond.
De Berg, de Seen und de Kultur,
des is für sie Erholung pur.

Do ku ma wirklich guat und gean,
gonz vü vaschiedne Sprochn hean.
Englisch, Russisch und Französisch,
Spanisch, Schwedisch, Italienisch.

Schwitza Dütsch und Portugiesisch,
Niedaländisch und gor Griechisch.
Donn heascht mas quassln, rund um d'Uhr,
Kalimera und Bonjour.

Buenos dias und good by,
do is fost jede Sproch dabei.
Thank you, merci und gracias,
dia Sprochn mochn richtig Spaß.

Doch mia is oamoi wos possiascht,
des wor scho gspassig und echt gstiascht.
Do gehn so Engländа, 's worn eana drei,
akkrat bei insan Haus vorbei.

Donn bleim sie steh und song, hello!
Do you speak English, yes or no?
I sog, a little und los zua,
wos sie so ren, mei liawa Bua.

Do huni gornet vü vastondn,
nur a poor Wörta, de bekonntn.
What a wunderful garden, o my God,
so vü huni vastondn krot.

Very beautiful flowers, homs gsogt!
Blitzschnö hu i mi gfrogt,
Wos antwort i iaz glei?
Dass i mi driwa gfrei!

Des woit i song, doch anstott dessn,
weil i mei Englisch hu vagessn,
sog i: „I am afraid“,
wos net fi de Bedeitung steht.

Dass i mi gfrei, üba ea Lob,
sondan, dass i mi fürcht und Angst gor hob.
De Englända hom oi drei glacht
und schnö an Reim sich dodraus gmocht.

Your English isn't very cool,
but your garden wonderful!

Da Paradies Apfe

Vo Adam und Eva
de sündige Soch,
de häng ins hoit iaz nu
gonz uhabig noch.

War des net so kemma,
donn war ma gonz gwieß,
oisonde a heit nu
im schen Paradies.

Warum hot de Schlong a
dia Leitln vasuacht?
Desweng is des Viech decht
zum Kriachn vafluacht!

Warn Adam und Eva
hoit gwen zwoa Chinesn,
donn war de Gschicht ondascht
und net so schlimm gwesn.

Donn hättns den Äpfe
am Bam om vagessn,
und hättn des grauslige
Schlongaviech gfressn.

In da Pizzeria

In da Pizzeria gehts heit zua,
de Leit stehn scho in Schlonga.
So steht a da Hea Moosbrugga,
und wü nu wos dalonga.

Iaz kimmb a dru, iaz is soweit:
I mecht a Margarita,
a schene große Pizza hoit,
mei liabe Seniorita.

De Dame frogt, wia söd is teiln,
wia wars an Hean denn recht,
ihr Wunsch is mia Befehl,
i schneid so, wias de Kundschaft mecht.

Da Hea erklärt da Dame,
wia eas gean haben wü:
Donn teilns es in vier Teile,
acht Sticke sen ma z'vü!

Glabst du des?

An Vierklee wennst findst,
donn kust di fei gfrein,
dea bring da vü Glück,
oiwei wieda vom Nein.

A Huafeisn muasst du
noch obn aufhänga,
des Glück rinnt sist aussa
und bleibt net fi länga.

Kaminkehra send a
so Glücksbringawesn,
wenn's kemmen mit Loata,
mit Fega und Besn.

Wennst dreimoi auf Hoiz klopfst,
donn gehts sicha krecht,
des is a guats Omen
und is niamois schlecht.

Jo, hüfts net, so schads net,
so denk mas ins glei,
es is jo koa schlechte
Absicht dabei.

Ob mas glam oda net,
des is oanalei,
des is jedn sei Sach,
de Gedonkn sen frei!

Wenn i amoi oit bi...

Für Seniorenfeier von Kindern vorgetragen

Wenn i amoi oit bi, wißts wos i donn tua,
i suach ma a Hobby und gib nu koa Rua.
Donn fohr i min Radl weithi iwas Lond,
i geh gonz vü schwimma und leg mi an Strond.

I mecht donn vü roasn rundum insa Wöt,
wenn i amoi oit bi, vabrauch i mei Göd.
Fi wos huni garbeit johraus und johrei,
do brauch i donn nimma so knausarig sei.

I mecht gonz vü lesn, mecht Biacha studian,
mecht Kurse nu bsuachn und vü musizian.
Dahoam in mein Gartn, do mog i gean sei,
do moch i mas oi Tog gonz gmiatlich und fei.

I geh gonz oft Schifahrn, do huni eascht Zeit,
do tua i donn ois, wos mi krot so gfreit.
I geh zu de Schützn, des woaß i gonz gwiß,
damits in da Rentn net longweilig is.

I tua gonz vü Gaschtln und Bam okkulian,
donn fohr i noch Innsprugg und tua nu studian.
I moch an Magista in zwoa, drei, vier Johr,
vielleicht moch i a nu an Dokta sogor.

Und i geh zum Jagan, i geh auf de Pirsch,
donn schiaß i gonz sicha an kapitaln Hirsch.
A diam geh i fischn, wenn i Zeit hu dazua,
donn sitz i am Wassa, genieß de fei Rua.

Wenn i amoi oit bi, donn fong i u moin,
moch gonz schene Büda, de jedn guat gfoin.
Donn mecht i nu Berg geh, gonz hoch und gonz weit,
do huni donn endlich dazua a de Zeit.

I kaf a Motorral, a tolle Maschin,
und fohr iwan Brenna, noch Graz und noch Wien.
Des gib ma an Auftrieb, des hoit mi in Schwung,
do fühl i mi wieda gonz fit und gonz jung.

Und i geh zum Klettan, steig aufi auf d'Wänd,
weil d'Fösn fi mi des Oiaschenst send.
Aufnocht geh i monchmoi zum Tonzn nu aus,
i moch aus mein Leb'n des Beste nu draus.

Wenn i amoi oit bi, tua i komponian,
im Kirchnchor singa und a musizian.
I lean nu Klavierspühn, des sog i enk fei,
donn gib i Konzerte und lod enk oi ei.

Und i mecht computan, des tua i so gean,
des Wötall erforschn und schaung in de Stean.
Mecht Tennis und Goif spühn, mecht raftn und fliang,
do ku i gonz sicha nia gnuag davu kriang.

Wenn i amoi oit bi, donn fong i u dichtn,
schreib Zeitungsartikl und sponnende Gschichtn.
I schreib donn Romane und Krimis zuhauf,
vielleicht fians de Gschichtn vo mia sogor auf.

I fong donn u filma und fotografian,
tua schnitzn und zeichna und a modellian.
I geh oft ins Kino und schau ma ois u,
und gfrei mi wenn i ins Tjata geh ku.

I spüh donn nu Fuaßboi, beim Oitheanvarein,
donn schiaß i vü Tore, do kennts enk scho gfrein.
I fliag mitn Foischirm und moch wos mi gfreit,
na endlich hu i in da Rentn donn Zeit.

Wenn i amoi oit bi, des sog I enk fei,
do bremst mi donn koana beim Sportln nu ei.
Brauch nia mea in d'Arbeit, ku toa wos i mog,
koa Chef schafft wos u, und des jedn Tog.

Kriag s'Göd auf mei Konto, kus hoin wonn i wü,
mei des is a guats, a wundaschens Gfüh.
Wenn i amoi oit bi, do gfrei i mi drauf,
bleib in da Fria lieng und steh gonz spat auf.

Donn kemman de Enkä und bsuachn mi gean,
mei des ku a griawige Rentnazeit wean.
Donn spüh i mit eana und hu gonz vü Freid,
mei des weascht gonz sicha de oiaschenst Zeit.

De Steanzeichn

Seit oita Zeit glam d'Menschn gean,
an d'Auswirkung vo insre Stean.
Im Zahnarztwarteraum is gwesn,
do hu is in a Zeitschrift glesn:

Da Stoabock is a Arbeitstier,
da Ehrgeiz is sei größte Zier.
Ea kimmt mit Ausdaua ans Züh,
und setzt ois durch, des wos ea wü.

Da Wassamonn mog d'Unabhängigkeit,
is wötoffn und hüfsbereit.
Ea lasst si net gean dirigian,
do kunnt ea glei de Freid valian.

Da Fisch, dea schwimmt in seine Tram,
a Frühaufsteha is a kam.
Ea is sensibl, glei beleidigt,
weil ea sei Meinung stets vateidigt.

Bockig und fleißig, so is hoit da Widda,
ea is explosiv, oba sicha net zwieda.
Ea strotzt volla Kraft und voi Energie,
ea is in da Sportwöt a richtigs Genie.

Da Stia is recht brav, hot a frommes Gemüt,
krot derf man net tratzn, weil donn wead a wüd.
Da Stia braucht sein Auslauf, es is eam glei z'eng,
mogs bequem und beschaulich und jo net zu streng.

Da Zwilling is strebsam und intelligent,
es hoaßt dass bei eam zwoa Gsichta dru send.
Ea hot an Humor und ea hot a guats Gmiat,
und a wenn a Stress hot, weascht ea nu net miad.

Da Krebs is treu und gean gebundn,
hot ea den richting Menschn gfundn.
Durch sein angeborna Drong,
hot ea sein Partna in da Zong.

Da Löwe is da König, des is gwiß,
weil ea söbstbewusst und mächtig is.
So wias im Horoskop drin steht,
is ea a echte Majestät.

De Jungfraun, weiblich oda männlich,
sen kritisch und recht ungewöhnlich.
Sie sen bekonnt fi Perfektion,
a Chaos bringt sie an Plafon.

De Waage braucht vü Harmonie,
Ästhetik herrscht in ihra Fantasie.
Mit Kunst und schöngeistige Sochn,
kust du de Waage glücklich mochen.

Da Skorpion im Tierkreiszeichn
suacht vageblich seinesgleichn.
Weil dea Stachl, dea di sticht,
hot Ähnlichkeit min jüngstn Gricht.

De Schützn pockt de Reiselust,
zu long dahoam kriang sie an Frust.
Drum gibt's a koane Schützn,
de recht gean hintan Ofn sitzn.

Wea des ois glabt, liegt weit danebn,
so vü gleiche Leit kus gornet gebn.
A jeda is ondascht und doch gonz normal,
a jeda vo ins is a ORIGINAL!

Klassntreffn

Gor long hom sie sich nimma gsechn,
und oiahond is seithea gschechn.
Heit treffn sie sich oi mitnond,
vom gleichn Johrgong sends oisond.

Vo weithea roasn monche u,
des Klassntreffn lockt sie u.
Noch da Reih kemmans dahea,
und koana woaß mea, wea is wea?

Ois easchtes is de Hilda do,
sie zöht amoi de Leitln o.
Sie hot jo ois organisiascht,
und a den Soi bestöt beim Wiascht.

So stöt sie sich iaz aufs Podest
und sog „Griaß Gott" ös liabn Gäst.
Es gfreit mi, dass oi do seids heit,
de Schuizeit lieg long zrugg, so weit.

I kenn enk nimma, muaß i song,
drum mecht i jedn oanzeln frong.
Iaz söd a jeda aussa kemma,
donn wea enk unta d'Lupn nemma.

So stöt sich iaz a jeda vi,
und geht noch vorn zur Hilda hi.
De Leni von da easchtn Bonk,
mei de is gfoitarat und schlonk.

Da Fritz dageng is kuglrund,
oba sist wirkt ea recht frisch und gsund.
Da Klaus, dea hot a Glotzn aufn Kopf,
und nimmamea sein schworzn Schopf.

Da Fronz dea is iaz woitan moga,
ea wor ois Kind scho eha hoga.
De Burgl, de is narrisch fett,
oba freindlich, liab und nett.

D' Maridl wor a fesche Frau,
und iaz is a am Kopf kotzgrau.
De Susi kennatst nimmamea,
de kimmb jo frisch scho krump dahea.

Da Rudi hot an dickn Bauch,
ois Kind wor ea a Gortnschlauch.
Da Georg is a oita Hea,
geht bugglig und gonz schief dahea.

Schüchn tuat de Resi Resch,
de wor doch oiwei schick und fesch.
Da Sepp, vom Bauan om, vom Finkn,
geht scho min Steckn und tuat hinkn.

Da Valentin is groß und long,
wor oiwei scho a Bohnenstong.
Und d'Hanni hot an Umfong kriag,
i moa, dass de zwoa Zentna wiag.

De Margit hot fast koane Zähn,
sie tuat mea lispln aswia ren.
De Lisl is iaz go scho tearisch,
de wor doch seinazeit so hearisch.

Stoaoit sends worn, i sogs enk fei,
dass des krot gib, o mei, o mei.
De Hilda is iaz gonz entsetzt,
so sog sie laut donn z'guataletzt,

zum Granda Hons, zum Wiascht:
„Na, des is owa woitan gstiascht,
hus nimma kennt, dia Leit, dia oitn,
krot i alloa bi guat dahoitn."

Wos is da älteste Beruaf?

Im Gasthaus ku ma so vü hean,
wenn Stammtischbriada rauschig wean.
A Maura und a Zimmamonn,
sitzn min Elektrika beinon.

Sie streitn sich scho stundnlong,
wöcha Beruaf hot denn ois easchts ugfong?
Da Zimmamonn, des is scho klor,
weil Jesus scho so oana wor.

Sei Ziachvota, da hl. Josef scho,
wor Zimmara, des woaß ma do.
Des is da älteste Beruaf gonz gwiß,
weil des doch übaliefascht is.

Da Maura sog, des is net wohr,
da Turm zu Babl wor nu long davor.
A Werk vo gscheite Maurasleit,
homs aufbaut scho zu deasn Zeit.

Drum sen de Maura doscht scho gwesn,
des ku ma in da Bibl lesn.
Des ältest Handwerk, des hom mia,
gonz gwiss, a ältas gibt's gornia.

Do lacht da dritte in dem Bund,
da Elektrika tuat iaz sei Moanung kund.
I sog enk oans, ins gibt's am längstn scho,
mia sen jo seit da Wöterschaffung do.

Wia insa guata Vota Gott
"Es werde Licht" ausgsprochn hot,
hot ea den Schoita nur bewegt,
de Leitungen worn scho valegt!

Mütterlein mir

Am Dochbodn

Da Hansi schleicht an Dochbodn aufi
und schaut sich do glei um,
aufoamoi siecht da Bua gonz hint,
aus Hoizsprissl a Drum.

A oite Gehschui liegt do obn,
mit Gittastäbe dru.
Da Hansi find des intressant
und schaut des Gstö sich u.

Donn saust a iwa d'Stufn oichi
und ruaft sei Schwesta hea,
ea sogt zu ia gonz aufgeregt,
des gfoit ma nimmamea.

I sog da oans, mia is iaz klor,
boid wean mia do a Baby hom.
De Eltan hom a Foi aufgstöt,
bei ins, am Dochbodn om.

Da Navigator

Mei Orientierungssinn is miserawi,
drum hun i in mein Auto iaz an Navi.
Des Ding fiascht mi oi Tog ans Züh,
genau dorthi, wo is gean wü.

Und aussadem red't dea mit mia,
longweilig, weads desweng nia.
Und so a nette Stimm hot dea,
wo nimmt a krot sei Wissen hea?

Des begreift mei Hirn nu net,
i glab, dazua bin i hoit z' bled.
Wia ku dea kenna jede Strass,
a jede Kreizung, jede Gass?

Is mia a Wurscht, wias funktioniascht,
Haupsach, dass mi dea Navi fiascht.
Danaxt bin i ins Auslond gfohn,
zeascht grodaus auf da Autobohn.

Donn is de Ausfohrt nochnt kemma,
ea hot ma gsog, de muaß i nemma.
Drum bin i ausgfohn stantipe
und sog da Autobohn ade.

Iaz fohr i üba d'Kreizung driwa,
i foig hoit brav, wos bleibt ma iwa.
Donn hot a Neuberechnung gsog,
warum, hu i eam dodrauf gfrog.

Ea hot koa Antwort gem, dea Heini,
drum biag i hoit auf oa Seit eini.
A Antwort war normal da Brauch,
iaz hun i scho a Wuat im Bauch.

A Zeit long wor a oafoch stad,
i hu mei Auto umma draht,
und fohr solong im Kreisvakea,
bis dea beleidigt Navi-Hea,

endlich mit mia redn mog,
na, des wor fei a arge Plog.
Iaz sog a, bitte wendn,
wo weascht de Fohrt mit mia woi endn?

I drah gschwind um, so wia ea wü,
ea woaß jo schliaßlich insa Züh.
Auf oamoi geht a Bahngleis hea,
iaz hun i owa des Malea.

Gonz knapp bin i dem Zug entkemma,
i muaß mein gonzn Muat zomnemma,
dass i den Schock vakroftn ku,
donn red't dea Navi mi glei u.

Links obiang und donn grodaus,
i kenn mi ehrlich nimma aus.
Neuberechnung sog a wieda,
na is dea Heini mit mia zwieda.

I tua ois, wos dea Bazi sog,
und bi inzwischn kloa vazog.
Ea moant, de rechte Einfohrt söd i nemma,
auf d'Autobohn bin i donn kemma.

Iaz sog a plötzlich, kehrn sie um,
na is da des a ekligs Drumm.
A Geistafohra wea i net,
dazua bin i decht zwenig bled.

Drum fohr i grodaus weida,
i bi vo ins zwoa do da Gscheida.
Donn fohr i aus und frog net länga,
dea Navigator is a Strenga.

Ea kommandiascht mi munta weida,
i foig eam wieda, leida, leida.
Im Kreis söd i de letzte Ausfohrt nemma,
iaz wean ma endlich nu zum Zühpunkt kemma.

Eascht rechts, donn links und donn grodaus,
mei wor de Fohrt fi mi a Graus.
Iaz geht's bergauf, da Weg wead schmoi,
unta mia siech i a tiafes Toi.

Da Zuastond vo da Strass wead oiwei schlimma,
so wias do ausschaut, gfoits ma nimma.
I hu koan Tau, wo i iaz bi,
es geht mit mia oafoch dahi.

I fohr hoit brav dea Stimme noch,
i siech a Schlucht und a an Boch.
Im Bauch hu i a mulmigs Gfüh,
da Navi sog: „Mia send am Züh!“

I hu scho glab, dass i iaz spinn,
i steh grod mittan Hoizweg drin.
Kimm nimma firi, nimma zrugg,
hinta mia da Abgrund, vorn a desolate Brugg.

So is im Leb’n, so is mit oin,
ma muaß hoit zeascht sei Lehrgöd zoin.
I hu draus gleant und woaß iaz gwiß,
wos ratsam und wos wichtig is.

„Wo da Mensch net söwa denkt,
und nur de Elektronik lenkt,
do ku man leicht manipulian,
und so wia mi, in d’Irre fian!“

Insare Seniorn

Jo, gabs net insare Seniorn,
donn war da Woistond schnö valorn.
Laar stand moncha Wortesoi,
fi d'Ärzte war des gwiss a Quoi.

Wea stopft mit Medizin sein Schronk,
bekämpft Wehwehchen, Gott sei Donk.
De Rentna sends, gonz einwondfrei,
an eana kimmb koa Staat vorbei.

Wea wondascht stoiz, voi Heldntum,
mit neie Hüftglenka herum?
De Augnärzt lebn wundabor,
vom Oparian am grauen Star.

Monch Zohnarzt miassat Daumen drahn,
wenn de Senorn nimma warn.
Und wea fohrt fleißig auf de Kur?
Meistns sends de Rentna nur.

Monch Kaufhaus war zur Hälfte laar,
wenn net des Heer vo Rentnan war.
Wea essat im Kaffeehaus Tortn,
genießat oi de creming Sortn?

Wea fohrt auf Urlaub mitn Bus,
und gibt vü Trinkgöd donn zum Schluss?
De Rentna sends, gonz einwondfrei,
an eana fiascht koa Weg vorbei.

Sie bringan `s Göd unta de Leit,
de Wirtschaft hot a wohre Freid.
Jo, gabs net insare Seniorn,
donn war da Woistond schnö valorn.

Kloane Weisheiten

So is des Lebn

Mia lebn insa Lebn
in Freid und in Leid,
erfülln mit Arbeit
und Fleiß insa Zeit.

Warum und wiaso
sen mia auf da Ean,
wohea und wohi,
wos weascht aus ins wean?

Es nutzt ins koa Zaudan,
es nutzt ins koa Frong,
koa Mensch ku ins wirklich
de Antwort drauf song.

Des Lebn zu meistan,
dazua bist geborn,
es gibt nur oan Weg,
und dea fiascht noch vorn.

Donn geht's an eascht guat

Des song, wos ma denkt,
nur net, wos oan kränkt.

Des schreim, wos bewegt,
wos zum Denkn uregt.

Zu dem steh, wos ma sogt,
dass oan 's Gwissn net plogt.

Des meng, wos ma tuat,
donn geht's an eascht guat.

Gedanknsplitta zum Lebn

Des Lebn is a Gschenk,
moch ma des Beste draus.
Des Lebn is Pflicht,
mia miassns erfülln.
Des Lebn is a Rätsl,
mia miassns lösn.
Des Lebn is a Herausfordarung,
nemma mas u.
Monchmoi is des Lebn Kumma,
den miass ma übawindn.
Des Lebn is oft Freid,
teil ma sie mit Ondare.
Des Lebn is a Geheimnis,
des miass ma lüftn.
Des Lebn is a Vasprechn,
des miass ma hoitn.
Des Lebn is Gelegnheit,
pock mas beim Schopf.
Des Lebn is a Liad,
mia derfns singa.
Des Lebn is a Kampf,
den miass ma kämpfn.
Des Lebn is voi Wunda,
lasst ins staunen.
Des Lebn is a Roas,
moch mas bis zum End.

Vawurzlt

Wenn du roast rund um de Ean,
ku monches dia zur Fremde wean.

Oba dei Muattasproch vagisst du nia,
sie is dei Lebnselexia.

Sie is vawurzlt in dia drin,
gonz tiaf und fest in Herz und Sinn.

Wohre Sprüche

Sche erscheint ins ois, wos ma mit Liab betrochtn.

Wea oiwei nochn Zweck da Dinge frogt,
dea ku des Schene nia entdeckn.

A Lächln kost koa Göd
und ku so vü Freid vaschenkn.

Wos ma vaschenkn, is a Stuck vo ins söwa.

De Bessawissa sen de Schlechtamocha.

Wea si zu wichtig hoit fi kloane Aufgobn,
is net geeignet fi große und wichtige Aufgobn.

Ois, wos insa Aug erfreit,
des erfrischt insan Geist.

A Lob hot nu koan gschodet.

Fong nia u aufzhean
und hea nia auf uzfonga.

In jeda Minut, in dea ma ins ärgan,
vasamma ma sechzig glückliche Sekundn.

Frei is net dea Mensch, dea toa ku wos a wü,
sondan dea, dea net toa muaß, wos a net wü.

Mundart-Philosophie

A guats Buach is Nahrung fi
Geist und Seele im Menschn.

Wenn ma de Z'friednheit net in ins hom,
is zwecklos, sie wo ondascht zu suachn.

Net wea Erfoig hot, is a großa Mensch,
sondan dea, dea niamois aufgibt.

Kloane Tatn, de ma ausfian,
sen mehr wert ois große, de ma planen.

Des Menschn wohra Kern steckt net im Kopf,
sondan im Herzn.

Wea des Kloane net schätzt,
vadeant des Große net.

Wea nur Erfoig und Göd ustrebt,
vasamt de wirklich wertvolln Augnblicke.

Am bestn is, wenn ma so monches übasechn,
oba ois übaschaun!

Net ois lafft im Lebn gonz glatt, drum freind' di a
mit dem u, wos ma doch net ändan ku.

So denk i mas hoit

Da Tram vo jedn Schreiba
is net des große Göd,
dass seine Werke glesn wean,
des is, wos fi eam zöht.

An Neid muasst vadeana,
des Mitleid kriagst gschenkt,
damit umgeh muasst leana,
so hu i mirs denkt.

Net wos a is und wos a hot,
stöt den Wert vom Menschn dor,
nur des Oane zöht im Leben,
wos ea fi seine Nachstn wor.

Des Ältawean ku ma
min Bergsteing vagleichn,
du brauchst gonz vü Kroft,
um an Gipfe z'erreichn.

Da Weitblick weascht bessa,
je höha du kimmst,
je älta du weascht
und de Hürdn oi nimmst.

A sunniges Lachn

A sunniges Lachn,
a freindliches Wort,
jogt Kumma und Sorgn
gonz schnö wieda fort.

A herzliches Griaßn,
da Druck oana Hond,
des is wia a Balsam,
wia a samtenes Bond.

A tröstliches Zoachn,
des is wia a Brugg,
des schenkt ins des Lachn
und an Muat wieda zrugg.

Genauso is ...

Da Geist weascht reich
durch des wos ma eam zuafian,
des Heaschz,
durch des wos ma vaschenkn.

Achtung und Vatraun,
auf de Grundpfeila ku ma baun.

Da Mensch braucht a Platzl,
und is nu so kloa,
wo a si ugnomma woaß
und gspiat, ea is net alloa.

De Neida sechn nur den schenen Gartn,
oba net de Arbeit, de dahintasteckt.

Ois sechn, hean und net vü song,
und jo net z'vü noch außn trong.

Wenn du im Recht bist,
geht di des Leitgred gornix u.

Nur wea si mit mia gfrein ku,
is a echta Freind!

Kloane Weisheitn

Es is leichta, a Werk zu kritisian,
ois a Werk zu würdign.

Wea Guats tuat, derf net erwortn,
dass de Leit eam desweng
de Stoana ausn Weg ramman.

So notwendig wias tägliche Brot,
is fürn Menschn de Anerkennung.

Nix is fi de Kinda wichtiga,
wia insa guats Beispüh.

De Kraft kimmb aus da Beschleunigung,
sogt da Physika, de Kraft kimmb ausn Heaschzn,
sogt da Poet.

Oi Tog söd ma a Gedicht lesn,
a Liadl singa und a Blume betrochtn.

Nur wenn ma de Heaschzn bewegn,
vaändan mia de Wöt.

Sinniascht

Es is leicht, wenn ma sich treim losst,
min Strom, do schwimman vü,
doch schwara is, dagegn schwimma,
wenn ma zur Quelln hikemma wü.

De Menschn gean hom is a Tugnd,
is rechtschaffn und guat,
a Weisheit is donn oba,
wenn ma sie achtn tuat.

Wia oft siecht ma des Kloane net,
wia oft, wenn mas betrachtn.
Weil mia mit insra Blindheit
nur auf des Große achtn.

De Roas durchs Lebn

Wia mit an Zug is insa Roas,
mia fohrn zeitlebns nur im Kroas.
Vom Anfong bis zum End,
vaschiedne Stationen send.

Oft steing Leit zua, de ins begleitn,
fi longe oda kurze Zeitn.
De Roas is volla Abenteia,
mit Abschied und mit Wiedasehnsfeia.

Mit Hoffnung und Begegnungen,
mit Freid und mit Enttäuschungen.
Da Zug fohrt insa Lebnsstreckn,
ea rollt und bleibt gorniamois steckn.

Und irgendwonn steing mia donn aus,
valossn insa irdischs Haus.
Da Plotz is laar, den mia hom bsetzt,
und wenn ins d'Leit donn zguataletzt

nu weitahin im Herzn trong,
ku ma mit leichtn Gwissn song,
insa Wirkn und Bemian zeitlebns,
des is net ausglöscht, net vagebns.

Seitn an Seitn

Seitn an Seitn,
gemeinsam durchs Lebn,
hoaßt liam und vazeichn,
hoaßt nemma und gebn.

Seitn an Seitn,
oft schwar und oft sche,
es is scho a Wagnis,
des Mitanondgeh.

Seitn an Seitn,
wean mia longsom oit,
und warman anonda,
wenn oana hot z'koit.

Eppas zum Nochdenkn

Es is ins ois nur gliechn

Es is ins ois nur gliechn,
des Glick und jede Freid,
gorois is ins nur gliechn,
fi a bestimmte Zeit.

Es is ins ois nur gliechn,
auf deara schenen Ean,
de Luft zum Schnaufn und des Wassa,
de Sunn, da Mond, de Stean.

Es is ins ois nur gliechn,
a jeda Augnblick,
des Lebn und insre Kinda,
'’s Talent und jeds Geschick.

Es is ins ois nur gliechn
auf deara schenen Wöt,
gorois is ins nur gliechn,
da Woistond und des Göd.

Da Tod hot koane Taschn,
ea hot koan Sack im Kleid,
ea nimmt krot insa Seele
und fiaschts in d’ Ewigkeit.

’s Kasettl

I mog des Kasettl,
des wertvolle Gwond,
es is woi des Beste
und Schenste im Lond.

Mei Muatta hot mia
des Gwandl vamocht,
ia Hochzeitskleid wor des,
de uroite Trocht.

Drum ziach is a heit nu
am Festtog gean u,
am Kasettl, do haftet
wos Ehrfürchtigs dru.

Is weita vaerbt
scho seit gonz longa Zeit,
gibt Zeignis vo Wert
und Beständigkeit.

Is Sinnbild für Brauch
und Tradition,
lebt weita in jeda
Generation.

Is Symbol fi de Hoamat
fi insa schens Lond,
von da Muatta zur Tochta,
gehts Hond in Hond.

A Hoamat hom

Net jeda hot Hoamat auf insara Ean,
net jeda des Gfüh vom Ugnommawean.
A jeda Mensch hot doch auf Hoamat a Recht,
weil koa Mensch gean fremd und ausgrenzt sei mecht.

Hoamat is net nur Brauchtum und Gwond,
is net nur a Dorf, a Ort oda Lond.
Hoamat is net nur de Sproch vo de Leit,
weil Hoamatgfüh ins vü meara bedeit.

Weil Hoamat dea Plotz is, wo Leit sich vatraun,
wos guat mitnond umgehn und aufanond schaun.
Wo d' Menschn guat gsinnt sen, mit vü Toleranz,
respektvoi und ehrlich, mit vü Akzeptanz.

Schenk ma anonda vo Hoamat des Gfüh,
weil jeda um sich Geborgnheit wü.
Dass gorneamd des Gfüh vo Hoamat valiascht,
sich aufgnomma woaß und Woisei vaspiascht.

Fi oi de entwurzlt und hoamatlos wean,
dass Sichaheit finden auf insara Ean.
Bei woigsinnte Menschn, de guat sen und fei,
ku Hoamat jo doch goriwaroi sei!

Glam, und net sechn …

Glam, und net sechn
erfordascht vü Kraft.
Glam, ohne sechn,
wea des im Lebn schafft,

dea gspirt in sein Innan,
dass'n eppas beriascht,
dass da Segn vo obn
eam zeitlebns fiascht.

Ea fühlt sich geborgn
von a wundaborn Macht,
dea ku a vatraun
bei Tog und bei Nacht.

Wia a Kartnspüh

Des Lebn is wia a Kartnspüh,
bewegt und unberechnbor,
des Schicksoi mischt de Kartn,
oft unergründlich, sondabor.

Auf des Lebns Wondafohrt
kriagt jedamonn sei Gspüh,
ea spüht sein Part bedächtig,
bis an sei letztes Züh.

Oft fliagt da schier des Glück entgegn,
vorbei is üba Nocht,
es is hoit nur a Augnblick,
dea dia des Glück hot brocht.

So gehn ma oi ins Unbekonnte,
da oane arm, da ondre reich,
am Ende kimmb da Erdnrichta
und mocht oi Menschn gleich.

Am End wea i song ...

I hu mei Lebn glebt,
da Kroas hot sich gschlossn,
mei Zeit is iaz kemma,
de Wöt zu valossn.

A wenn i aus enkare
Augn vaschwind,
griaß i enk ab iaz u
im Windhauch gonz lind.

I blinzl enk oi Nocht
vo d' Stean ocha zua,
genieß auf `ra Woikn,
de himmlische Rua.

I schick von da Sunn enk
an warmadn Schei,
und hüll enk gonz zärtlich
in d' Erinnerung ei.

Des Ostaliacht

Trog da hoam des Ostaliacht,
lass brenna in deim Haus,
des Liacht bring Glück und Segn,
und treibt ois Schlechte aus.

De Ostakerzn geht mit dia,
und leicht dei Wohnung aus,
sie warmb di wenn du Sorgn hast,
bring Segn fürs gonze Haus.

Soist da des Liacht vo Ostan
fürs gonze Johr aufhebn,
'ʼs söd länga brenna ois oa Nocht,
'ʼs söd leichtn 'ʼs gonze Lebn.

Da Ufong und des End

Da Schöpfa gibt,
da Schöpfa nimmt,

mia miassns nemma
so wias kimmt.

An Ufong und des End
leng mia in seine Händ.

Ausbrennt

Z'vü gsorgt und übalegt,
oiwei nur funktioniascht.
Z'vü plant und verausgabt,
z'vü analysiascht.

Z'vü nochdenkt und plogt,
zur Verfügung oim gstondn.
Z'vü tu und z'vü kümmascht
dabei net vastondn,

de Seele braucht Stille,
da Körpa braucht Rua,
a Zeit zum Genießn
gheascht zum Lebn dazua.

Von da Wiag bis zum Grob

Zwischn Geburt und dem Tod
liegt a ausgfüllte Zeit,
mia durchlebn in dea Sponne
Hoffnung und Leid,

Enttäuschung und Zweifl,
Erfoige und Freid,
Zuaspruch und Liab,
Mißtraun und Neid,

Glam und Vatraun,
Ängste und Not,
Schattn und Sunn,
von da Geburt bis zum Tod.

Wonn is ma oit?

Oit is ma eascht,
wenn an nix intressiascht,
und wenn ma de Freid
an da Arbeit valiascht.

Oit weascht ma nia,
wenn ma teil hot am Lebn,
donn ku oan des Oita
vü Wertvois nu gebn.

Weascht reich an Erfahrung
und reich a an Johrn,
is z'friedn und geduidig,
is einsichtig worn.

Is reif tiaf im Herzn,
de Seele hot Rua,
ma geht iaz gonz donkbor
dem Lebnsherbst zua.

Muattaliab

Eascht iaz ku is begreifn,
wos Muatta sei bedeit,
eascht iaz noch so vü Johrn,
eascht noch so longa Zeit.

Eascht iaz ku is begreifn,
eascht iaz ku is vasteh,
a Muatta is a wohra Schatz,
ia Liab ku nia vageh.

Wos d'Muatta fi mi wor,
wenn i ias sogn kunnt,
i ku ias nimma sogn,
sie liegt im Friedhof unt.

Eascht iaz ku is begreifn,
des mocht mi leicht betriabt,
weil nur de eigne Muatta,
bedingungslos di liabt.

Wo Liacht im Menschn is

Wo Liacht im Menschn is,
do leichts vo Innen hea,
do taut des Eis in d'Herzn auf,
es friat ins nimmamea.

Wo Liacht im Menschn is,
do gibt's koan Hass, koan Streit,
do gibt's koan Neid, koa Foischheit mea,
do gibt's nur Liab und Freid.

Wo Liacht im Menschn is,
tiaf in da Seele drin,
do is de wahre Menschlichkeit,
dohi geht insa Sinn.

Fi oan Augnblick

Fi oan Augnblick stad sei
und bsinna auf des,
wos sinnvoi und wichtig,
wos wertvoi ins is.

Fi oan Augnblick nix toa,
an Pulsschlog nu gspian,
zu d'Stean aufi schaun
und an Himmi berian.

Fi oan Augnblick steh bleim
und nochdenklich wean,
ins Heaschz eini losn
auf d'innre Stimm hean.

Fi oan Augnblick trama
und Luftschlössa baun,
in Gedonkn weit fliang,
ins Paradies eichi schaun.

Mei Woid, i mog di so gean!

Im Fruajohr schenkst du mia
dein würzign Duft,
des Zarte und Siaße
liegt in deina Luft.

Am Berghong de Buachn
treim Blattl zuhauf,
de zartgreanen Knospn,
sie springan schier auf.

De Langsvögl singan
da Gugguggsruaf schoit,
i mog di so gean,
Fruajohr im Woid.

Im Summa schenkst du mia
an Schattn und Ruah,
do los i so gean
dem Bachrauschn zua.

Du schenkst ma de Schwammal
und Beern am Weg,
de wundaschen Bleame
am hoizanen Steg.

De Oachkatzl springan
und mochn kam Hoit,
i mog di so gean,
Summa im Woid.

Im Herbst bist du herrlich
in Farbn eitaucht,
mit Purpur und Ocker,
bist du iaz ughaucht.

De Larchn stehn do
im goidanen Gwond,
sie leichtn weithi
iwas herbstliche Lond.

Des Röhrn vo de Hirschn
vom Berg ocha schoit,
i mog di so gean,
Spatherbst im Woid.

Im Winta do stehst du
in Süba und Weiß,
schlofst unta da Deckn
aus Schnee und aus Eis.

A herrliches Glitzan,
glosklor wia Kristoi,
liegt iwa de Wipfe,
liegt iaz iwaroi.

Und pausnlos plätschat
des Bachä eiskoit,
i mog di so gean,
Winta im Woid.

A Wort

A Wort ku vü bewirkn
im Guatn und im Schlechtn,
es ku so vü ins aussong,
im Foischn und im Rechtn.

A Wort, es ku vazeichn,
ku tröstn ins im Leid,
es ku ins Friedn schenkn,
und a beglückte Zeit.

A Wort, wenn's oamoi gsogt is,
beriaschts glei insa Herz,
es ku ins Freid vamittln,
Valognheit und Schmerz.

A Wort ku Gsong bedeitn,
wenn's dring an insa Ohr,
es kling oft so melodisch,
wia Stimmen ausn Chor.

A Wort ku ins vazauban,
wenn's ausn Herzn kimmt,
es ku ins a valetzn,
dass ins an Frohsinn nimmt.

A Wort ku ma net löschn,
wenn's gsogt is, donn is z'spat,
drum muass ma vorher denkn,
obs nochhea load ins tat.

Rosnverse

Wenn du a Blume pflanzt,
dann muasst bedenken,
du muasst an sie
dei gonze Liab vaschenkn.

Pflück dia an Wiesnblumenstrauß,
donn bliat und schmeckt dei gonzes Haus.

A Gartn volla Blumen
is wia a Paradies.

Blumen sen de Gotteskinda,
de ins so oft im Lebn erfrein.
Sie blian und duftn unermüdlich
oi Johr wieda, und vom Nein.

Rosn duftn, Rosn stechn,
du derfst sie niamois achtlos brechn.

Wenn Menschn so wia Blumen wean,
donn hom sich oi anonda gean.

De Blume am Wegrand,
sie lächlt mi u,
i frei mi und denk ma,
wia gean i sie hu.

Maria, hüf!

Oi Zweife und oi Frogn
derf ma heit zu dia hin trogn.
Wenn ins eppas druckt, donn is
dei Fürsproche ins oiwei gwiss.

Mia bittn di, steh du ins bei,
bewahr vom Unheil ins und sei
stets du ins a Beschützarin,
a Muatta und a und Tröstarin.

Geh mit ins auf Schritt und Tritt
und gib ins oi dein Segn mit.
Steh ins bei in jeda Gfohr,
behiat ins oizeit, Johr fi Johr.

Hüf ins in da größtn Not,
bei Unglick, Angst und Tod.
Lass ins im Leidn net vazogn,
lean ins des Lebn in Würde trogn.

Bleib bei ins in da letztn Stund,
tua ins dei Hüf a donn nu kund.
Schenk ins dei Gnad zu jeda Zeit,
begleit ins in de Ewigkeit.

Muatta sei hoaßt ...

Vazichtn und vü Opfa bringa,
Bobbä wiang und Schlafliad singa.
Hoaßt sorgn miaßn Tog fi Tog,
vabundn mit vü Mia und Plog.

Hoaßt Antwort gebn auf tausnd Fragn,
Verantwortung fürs Kindl tragn.
Hoaßt gonz vü Schutz und Trost vaschenkn
und auf de richting Bahnen lenkn.

Hoaßt Vorbüd sei fürs gonze Lebn,
Geduid aufbringa, Liab mitgebn.
Beachtung schenkn und vazeichn,
oi Tog de Hand zum Friedn reichn.

Muatta sei bringt net nur Leid,
es bringt im Leben gonz vü Freid.
A Kindalachn wiagt ois auf,
de Glücksmomente gibt's zu Hauf!

De stade Zeit

Im Advent ukemma

Wieda semma im Advent ukemma
und mechtn ins vü Guats vinemma.
Mehr Achtung, mehr Vazeichn,
de Händ hi zur Vasöhnung reichn.

Mehr Liab und mehr Geborgnheit
und gonz vü Stundn gschenkte Zeit.
Mia übn mehra Akzeptanz,
fi insre Nachstn Lob und Toleranz.

Mia hom Vaständnis fi de Schwachn
und mechtn eana Hoffnung mochn.
War guat, wenn iaz so spat im Johr
vo dia Vorsätz nur a poor,

im Oitog Wohrheit wean,
donn leicht fi ins da Weihnachtsstean.
Donn homma Friedn drin im Herzn
und schaun voi Zuavasicht ins Liacht da Kerzn.

Mia send erfüllt vo Liab und Freid,
vaschenkn um ins Herzlichkeit.
Des gib ins Kraft und gonz vü Rua,
mia sen am Weg auf Weihnacht zua!

Keksdosn-Hoagascht

Na wos ois gib, ma tats net glam,
i hu zeascht gmoat, dass i des tram.
Drum bin i iaz nu gonz perplex,
bei ins dahoam do redn de Keks!

Im hoamlichn Advent,
is ma monches Wunda gwehnt.
So find hoit doscht und do wos stott,
fi des ma koa Erklärung hot.

Wenns ös net glabts, donn kemmts as Losn,
wos sich in so a blechan Dosn,
ois ospüht untam Decke,
dia Keks, des send da soiche Secke.

De Lebkuchn, de gem groß u,
sie kemman jo ois Easchtes dru.
Mia sen de Bestn und so sche,
do kennts ös oi net zuachasteh.

Do schimpft da Zimtstean, gib net u,
weil i vü meara Gschmoch drin hu.
Du mit dein Toag, dem hortn,
do muaß ma monatlong drauf wortn,

bis du eascht woach weascht, is Neijohr,
bis doscht sen mia jo längst scho gor.
Und außadem, mia send de Stean,
ins meng de Leit gonz narrisch gean.

A geh, büts enk net sovü ei,
mischt si des Kipfal gschaftig drei.
Den guatn, fein Vanillegschmoch,
mocht ins vo enk do koana noch.

Mia sen de Favoritn,
do weascht net länga gstrittn.
De Favoritn mechts ös sei,
mischt si des Anisbussal ei.

Do kriag i owa iaz a Wuat,
mia Bussal sen so sche und guat,
dass ins de Leit ois easchts zomessn,
wia seids ös oisond so vamessn.

A Bussal is des höchste Gfüh,
es gibt koan Menschn, dea koa Bussal wü.
Drum weascht net länga gstrittn,
mia sen de Favoritn.

De Linza Aung wean iazat gscheit,
a so a widalicha Streit.
Mia sen vo oisond Keks de Bestn,
de Schenstn und de Größtn.

Iaz kimmb da Spanisch Wind,
und kontascht, owa gschwind.
Enk Linza homs scho d'vorig Wochn,
am Nudlbrett de Aung ausgstochn.

Ös blindn Henna, seids decht stad,
mit enkan patzing Marmalad.
Da Spanisch Wind schmeckt zart und fei,
nur mia wean d'Favoritn sei.

Des war nu schena, heascht ma laut,
wos si dea Windbeitl ois traut.
A so a windigs Zeig is nix,
des fressn net amoi de Fix,

sog des Voiwertkipfal gscheit,
i bi modern, geh mit da Zeit.
Bi gsund und wertvoi wia sist koana,
ös seids oi schlecht, brauchts gornet moana.

Na so a Protz, dea Voiwertkipfe,
des is jo woi da Gipfe.
Wertvoi mechts ös sei und gsund,
enk frisst oi Johr zletzt nur da Hund.

Sog iaz da Witwenkuss nu drauf,
sei stad, geig net so auf.
Do moant da Kipf, toats net vagessn,
enk Witwen mog decht koana essn.

Enk hot de Hausfrau nu am End,
des werte Hintateil vabrennt.
Do lach i jo krot driwa,
ös Trangena bleibts oi Johr iwa.

Iaz wean de Hausfreind owa zritt,
wos ös do sogts, des is a Schitt.
So gemein derfts doch net sei,
wirft iaz de Woinußeggn ei.

Iaz möd't si nu wea aus da Dosn,
heaschts oisond zua, toats amoi losn,
Non plus ultra hoaßn mia,
do steht jo scho da Nom dafia,

Nu bessa ku koa Keks net sei,
des steht scho fest, des sog enk fei.
Dass i net lach, ös Gschaftlhuawa,
kemmts oisond amoi zuawa.

Sog iaz da woache Eisschoglad,
de Neidarei, de is mia z'fad.
Mia sen oi handgmocht, sche und rar,
und jeda is a wertvois Exemplar.

A jeda is a Unikat,
drum seids min Streitn iazat stad.
Seids froh, dass d'Hausfraun ins nu mochn,
und stundnlong glasian und bochn.

Jo do host recht, jo sapralot,
song d'Spitzbuam und des Bischofsbrot.
Do nickt dazua da Witwenkuss,
da Zimtstean, d'Spekulatius.

Da Lebkuchn, s'Vanillekipfal,
de Windbeitl und s'Voiwertkipfal.
De Woinußeggn stimman zua,
de Non plus ultra gem a Ruah.

De Aniskeks und d'Linzaaung,
gonz dumm aus ihra Dosn schaung.
Wenn ins de Hausfraun nimma mochn,
donn hom mia Keks nix mea zum Lochn.

Des ku net sei, ge mochts koan Witz,
sog iaz drauf nu da Mandlspitz.
A Weihnachtsfest, und koana Keks,
do warn de Mandaleit perplex!

Da Nikolaus

Im Dorf suachns an Nikolaus,
dea fleißig geht vo Haus zu Haus.
Da Hansi sog, i moch des gean,
i mecht a Nikolaus iaz wean.

Ea richt si zom mit Stab und Mützn,
da weiße Bart muaß a guat sitzn.
Min Bischofsgwond, recht bunt und sche,
so mog ea zu de Kinda geh.

Und iaz kimmb ea ins easchte Haus,
da neie, schene Nikolaus.
Klopft an de Tür, dass jeda heascht,
de Muatta spring glei weck vom Heascht.

Kimm eina, heilga Nikolo,
de Buam und Diandln wartn scho.
Sie sitzn brav oi in da Stum,
beim großn Tisch ent rundherum.

Iaz tritt a ei, da heilig Monn,
de Kin send aufgregt oimitnon.
Grüß Gott, ihr lieben Kinderlein,
seid mir willkommen, Groß und Klein.

Weil ihr so brav gewesen seid,
bring ich Nüsse und auch Süßigkeit.
Kann einer ein Gedicht aufsagen,
oder ein Gebet vortragen?

Iaz spring da Hansi eifrig auf,
ea hot sei Versl schneidig drauf.
Wia ea vorm Nikolaus do steht,
spricht ea a nu a longs Gebet.

Das hast du aber gut gemacht,
ich habe dir ein Büchlein mitgebracht.
Wie heißt du denn, darf ich dich fragen,
kannst du mir deinen Namen sagen?

Da Hansi bin i, sog ea laut,
da Nikolaus an Buam uschaut.
Hansi ist ein schöner Name, oh,
ich heiße nämlich ebenso!

De Weihnachtspost aus Amerika

Vor ins liegt iaz des groß Event,
des ma Merry Christmas nennt.
De Youngsters, Girls and Boys,
kriang jede Menge tolle Toys.

Zu Children, Mum and Dad,
is Old Santa, pretty nett.
De Gifts vom City Shop,
sen Prime Collection, oafoch top.

Vom Heaven high, do kimmb a hea
und bring ins oi Johr mea und mea.
Grandma, Grandpa, a de Oitn,
wean vom Santa wos erhoitn.

Joy to the world, boid is de Zeit,
fi Silent und fi Holy Night.
Jo so klingts in Amerika,
Weihnacht in da USA.

Do kimmb da Weihnachtsmonn ho, ho,
Merry Christmas sogt a do.
Mit vü Climbim und vü Trara,
feians in Amerika.

Iaz denk i zrugg und siech im Tram,
enk Ötan untam Liachtabam.
De oite Krippn mit dem Kindl,
dem kloanen Haschal in da Windl.

I siech, wia domois in da Stum,
mia Kinda umman Tisch herum,
mit große Aung ins Liacht gschaut hom,
de Handl gfoitet, brav und fromm.

Donn homma bet und gsunga,
es is a Ros entsprunga.
Wia sche wor doch domois de Zeit,
sie liegt so long scho zrugg, so weit.

Iaz trennt ins hoit da große Teich,
weit weck, de Hoamat Östareich.
In Gedonkn bin i woi,
bei enk dahoam, im schen Tiroi.

Drum loss i enk net länga wortn
und schick a coole Weihnachtskortn.
Drauf is da oite Santa Klaus,
dea kimmb zu enk heia ins Haus.

Und recht vü schene Griaß vo mia,
I wish you a
Merry Christmas und a Happy New Year!

A so a Gnäd oi Johr

De letzte Zeit im Johr fong u,
und i hu nu net ois datu.
Wos iaz nu z'toa is, in dia Tog,
geht auf koa Kuahaut, wenn is sog.

Keksl bochn, Gschenka kaffn,
durch de gonzn Gschäfta laffn.
Christbam schmückn, Krippn baun,
um de Lebnsmittl schaun.

Weihnachtspost und Briaf vaschickn,
warme Sockn, Handscha strickn.
Steandl bastln, Kranzl bindn,
nu a poor Geschenke findn.

Und vo oi dia neien Sochn,
nette, schene Paktl mochn.
Maschn bindn, dekorian,
mit Steanä nu vazian.

Vorbereitn 's Weihnachtsmoi,
do gibts wos bsunas Guats oimoi.
Festlich nu an Tisch aufdeckn,
Tonnenzweig und Kerzn steckn.

Mia Hausfraun hom iaz scho an Gnäd,
i glab, dass enk genauso geht.
Doch wenns oi do sen, donn beim Essn,
is de Miah gonz schnö vagessn.

I schenk da an Stean

I schenk da an Stean
dea di oiwei fiascht,
damit du des Zü
und an Weg net valiascht.

I schenk da an Engl
dea di oim begleit,
dea di oim beschützt
und fiascht durch de Zeit.

Vier Liachtln am Kronz

Des easchte Liacht, des brennt fürn Friedn,
weil doch da Streit nia ruaht,
dass Menschn auf da gonzn Wöt,
sich woigsinnt sen und guat.

Des zwoate Liachtl brennt für d' Hoffnung,
geng Angst und Herznsnot,
wenn Vazogtheit insan Glam,
fast zu erschüttan droht.

Des dritte Liachtl leicht für Menschn,
de arm und hüflos send,
dass ois wos sie bedrückt hot,
sich iaz zum Guatn wendt.

Des vierte Liachtl brennt für d' Liab,
des Wichtigste im Lebn,
weil ohne Liab und Guatsei
kus a koa Freid net gebn.

De Liachta södn brenna,
geng Traurigkeit und Not,
dass Dunkeheit und Sorge
im Heaschz koan Plotz mea hot.

Weihnachtn hoaßt

Stad wean, in di
eichilosn,

Guats toa und oin
Neid vablosn.

Friedn schliaßn,
Freid vakündn,

Hoffnung hom,
a Liacht uzündn.

A Stean, dea ins fiascht

Oft tat man ins wünschn,
den Stean, dea ins fiascht,
damit ma des Zü
und an Weg net valiascht.

Ea zoagat ins oiwei
de Richtung im Leb'n,
donn tats koane foischn
Entscheidungen geb'n.

So leicht hot da Schöpfa
ins des hoit net gmocht,
mia miassn ins kämpfn
durch Tog und durch Nocht.

Und wenn insa kloana
Vastond nimma reicht,
donn bitt ma an Herrgott,
dass ea ins vielleicht,

a Zoachn, an Engl
auf d'Ean ochaschickt,
dea ins mit an kräftign
Deita zuanickt.

Wia da Stean, dea de Hirtn
am Weg gonz pfeilkrot,
zum Kind in da Krippn,
zum Stoi higfiascht hot.

Oft tat man ins wünschn,
den Stean, dea ins fiascht,
damit ma des Zü
und an Weg net valiascht.

Des Wunda vom Kindl

Des Wunda vom Kindl in Bethlehems Stoi,
des ins auf da Wöt erlösn söd oi,
des Wunda, des ins a heit nu beriascht,
des ins aus da Not, ausn Jammatoi fiascht.

Im Wunda vo Jesus sen mia oi geborgn,
vatrau ma eam u, an Kumma, oi Sorgn.
Leng ma des Schicksoi eam iaz in de Händ,
weil ma vom Wunda getrogn schier send.

Es bring ins de Liab und des Liacht auf de Ean,
dass de Menschn oi guat und friedfertig wean.
Wo Guatsei und Liab sich innig vaeinen,
do ku a des Liacht vo Weihnacht ins scheinen.

In Hochsprache gereimt

Hoffnungsfroh

Woher wir kommen, weiß man nicht,
auch nicht, wohin wir gehn,
kein Mensch hat je die Ewigkeit,
das Jenseits schon gesehn.

Und alle Weisheit dieser Welt,
sie konnt es nicht ergründen,
und hätte sie es doch geschafft,
wer weiß, wo wir dann stünden.

Wir wissen nicht, woher wir sind,
auch nicht, was uns noch blüht,
und trotzdem sind wir hoffnungsfroh,
um unser Sein bemüht.

Der irdische Pfad

Wir wandern und wandern
den irdischen Pfad,
bergauf und bergab,
mal krumm, mal gerad.

Und bringt uns das Schicksal
manch Sorgen und Not,
es ist nichts zu ändern
und auch nicht der Tod.

Es nützt nichts zu fragen,
weshalb und warum,
es gibt keine Antwort,
die Antwort bleibt stumm.

Das Leben zu meistern,
das ist unser Los,
viel Freude und Leid
fällt uns in den Schoß.

Nur mutig nach vorne
mit Kraft und Vertraun,
viel Zuversicht hilft uns
die Zukunft zu baun.

National Botanical Society Savannah
Est. 1913

Im Jetzt und Heute

Leb' im Hier, im Jetzt, im Heute,
denn nie wieder kommt die Zeit,
jeder Tag und jede Stunde
ist ein Schritt zur Ewigkeit.

Die Gegenwart ist nur zu leben,
das Nun und Jetzt ist wichtig nur,
du ziehst allein im Heute
die wahre Lebensspur.

Leb' ganz bewusst an jedem Tag,
leb' nicht im Gestern, nicht im Morgen,
du kannst nur jetzt etwas bewirken,
nichts nützt dein unentwegtes Sorgen.

Du kannst nicht drehen an der Uhr,
sie tickt beständig ihren Trott.
Den Anfang und das Ende
bestimmt allein für dich nur Gott.

In meinen Träumen

Ich möcht in meinen Träumen,
über Wipfeln, über Bäumen,
mit den Wolken südwärts eilen,
nicht länger hier und jetzt verweilen.

Möcht stetig vorwärts streben,
vogelfrei in Lüften schweben.
Über Berge, über Schluchten,
über Felswände und Buchten,

über Wiesen, über Wälder,
über Flüsse, über Felder,
über Inseln, über Meere,
sorgenfrei, ganz ohne Schwere,

unbekümmert und geschwind,
im Rücken stets den Sommerwind,
über alle Länder reisen,
den ganzen Erdenball umkreisen.

Komm, o Frühling

Komm, o Frühling, lass dich nieder,
bring uns Sonnenschein und Flieder.
Komm, o Frühling, komm doch bald,
ziehe ein in Feld und Wald.

Komm, o Frühling, komm geschwind,
bring den feinen, lauen Wind.
Komm, und hauch uns in die Luft,
den honigsüßen Blütenduft.

Komm, o Frühling, komm doch wieder,
und bringe uns die Schwalben wieder.
Komm, o Frühling, trete ein,
lass alle Menschen fröhlich sein.

Gedanken zum Palmsonntag

Noch jubeln dir die Menschen zu,
mit Palmen und Gesängen,
noch folgen dir die Massen nach,
sie schreien und sie drängen.

Sie rufen dir: „Hosianna“ zu,
mit Zweigen in den Händen,
sie ahnen nichts von Leid und Tod,
vom Geiseln und vom Schänden.

Die Meinung dieser Massen
sie ändert sich geschwind,
sie dreht sich ganz sporadisch,
so wie ein Blatt im Wind.

So rufen dann Dieselben,
bald schon: „Ans Kreuz mit dir.“
Sie spotten und sie hetzen,
voll Hass und voll Begier!

Wenn Jesus heute käme,
wie würde es dann sein?
Wer weiß, würd es heut besser,
würd es heut anders sein?

Ostermorgen

Welch ein heller Ostermorgen,
voller Sonne, voller Licht,
voller Hoffnung auf das Morgen,
alle Angst und Not zerbricht.

Osterjubel, Osterlieder,
Halleluja, Jesus lebt,
Christus ist vom Grab erstanden
und die Grabesgruft erbebt.

Überwunden sind die Schmerzen,
überwunden ist der Tod,
alle Dunkelheit und Trauer
bringt ein neues Morgenrot.

Am Weihnachtsmarkt

Allein in der Menge,
trotz Menschengedränge.
Verhärmte Gesichter,
trotz tausender Lichter.

Lärm ohne Klänge,
nur leere Gesänge.
Gleißendes Licht
erwärmt Seelen nicht.

Im Einkaufsgedränge,
kaum Nähe, nur Enge.
In Kälte und Frust,
wird Menschen bewusst,

dass Glanz ohne Licht
die Herzen zerbricht.
Mit Wärme von innen
kann Weihnacht beginnen.

Im warmen Schein der Kerzen

Ich wünsche euch von ganzem Herzen,
im warmen Schein der hellen Kerzen,
eine wunderbare, schöne Zeit,
in Ruhe und Beschaulichkeit.

Ich wünsche euch die alten Lieder,
und frohe Stunden immer wieder.
Den Frieden und die Zuversicht,
den Stern, der alles Dunkel bricht.

Ich wünsche euch Gemeinsamkeit,
und eine sinnerfüllte Zeit.
Viel Freude und manch feine Stunde
im Kreis der Lieben, in der Runde.

Ein Fest des Friedens soll es werden,
für Groß und Klein hier auf der Erden.
Das Christuskind, geborn im Stalle,
beschenkt und liebt uns Menschen alle.

Der Stern soll dich führen

Der Stern soll dich führen,
er soll dich begleiten,
bei Tag und bei Nacht
und durch alle Zeiten.

Er soll dir stets leuchten
wenn Sorgen dich plagen,
an trüben und dunklen
und leidvollen Tagen.

Der Stern soll dir weisen
den richtigen Weg,
er führe dich schadlos
über Brücken und Steg.

Der Stern sei dir allzeit
getreu an der Seite,
er sei dir zum Segen,
sei dir zum Geleite.

Dann wird für immer Weihnacht sein

Wärme, Freude, Licht,
das alle Dunkelheit zerbricht.
Liebe, Hoffnung , Frieden,
sei allen hier beschieden.

Dann wird es wieder Weihnacht sein,
im warmen, hellen Kerzenschein.
Dann werden Herzen groß und weit,
in dieser dunklen, kalten Zeit.

Bewahren wir den warmen Schein,
dann wird für immer Weihnacht sein.
Behalten wir das Licht der Kerzen,
ganz klar und hell in unsren Herzen.

Von Bethlehem bis Golgatha

Maria, Gottesmutter,
du warst für Jesus da,
trugst alle seine Sorgen
von Bethlehem bis Golgatha.

Maria, Gottesmutter,
ertrugst all Not und Schmerz,
trugst Leid und Todesängste
in deinem Mutterherz.

Maria, Gottesmutter,
trugst alles mit Geduld,
mit Liebe und erhaben
in deiner Gnad und Huld.

Maria, Gottesmutter,
du kannst für Groß und Klein,
für alle Menschen dieser Welt
ein wahres Vorbild sein.

Lasst uns das Weihnachtslicht verbreiten

Lasst uns Licht sein für die Welt,
denn alles was hier zählt,
sind Güte, Liebe, Freundlichkeit,
Friede und Gerechtigkeit.

Lasst uns Licht sein, das nicht blendet,
sondern einfach Wärme spendet.
Dass auch das Schwache und das Kleine,
uns wichtig und ganz groß erscheine.

Lasst uns Salz sein für die Erde,
dass alles durch uns besser werde.
Lasst uns die rechte Dosis kennen,
damit wir and're nicht verbrennen.

Licht und Salz für Menschen sein
schließt alles Gute in sich ein.
Güte, Liebe, Freundlichkeit,
Friede und Barmherzigkeit.

Das Weihnachtslicht scheint für uns alle,
es geht ja von der Krippe aus,
von Bethlehem im Stalle!

Wie Maria und Josef

Sei wie Maria,
erfülle die Pflicht,
sei aufrecht und ehrlich,
sei herzlich und schlicht.

Sei auch wie Josef
und schütze die Schwachen,
du kannst damit Menschen
viel glücklicher machen.

Sei wie die Hirten
und eile zum Kind,
beuge die Knie
und bete geschwind.

Sei wie ein Engel,
verkünde den Frieden,
dann ist dir viel Freude
im Leben beschieden.

Weihnachten ist ...

Frieden,
vergessene Stille,
ein zum Guten
sich öffnender Wille.

Atemholen
im Alltagshasten,
in hektischer Zeit
ein kurzes Rasten.

Weihnachten ist
mit dem Herzen denken,
Zeit, Verständnis
und Ruhe schenken.

Weihnachten ist,
Zeit für Kinder haben,
Geduld und Liebe,
statt sinnlose Gaben.

Weihnachten ist nicht
lärmen und kaufen,
nicht durch kunsthelle
Straßen laufen.

Weihnacht wird es
im Lichtschein der Kerzen,
wenn Friede einkehrt
in unsere Herzen.

Der Segen vom Christkind

Was zeigt uns das Kind
auf Heu und auf Stroh?
Warum macht das Wunder
vom Kind uns so froh?

Es geht so viel Kraft aus
von Jesus im Stall,
sie strahlt übern Erdball
und wärmt überall.

Der Segen vom Christkind
tut Menschen so gut,
er schenkt uns die Hoffnung
und macht uns viel Mut.

Welch eine Pracht

Still und leise, über Nacht,
hat uns der Wind den Schnee gebracht.
Alles sieht verzaubert aus,
jede Straße, jedes Haus.

Flocken tanzen still und sacht,
welch Wunder, welche Pracht.
Tief verhüllt sind Wald und Feld,
friedlich schläft die ganze Welt.

Von Klöppelspitzen fein geziert,
mit weißem Zucker schön glasiert,
stehn Baum und Sträucher festlich da,
die Berge sind bizarr und nah.

Eisblumen an Fensterscheiben,
die kunstvoll ihre Kreise schreiben.
Wie in Glanz und Licht getaucht,
hat sie der Wind auf Glas gehaucht.

Figuren, zarte Ornamente,
bringen herrliche Akzente.
Sie erfreut uns in der Winterszeit,
die Blume der Vergänglichkeit.

Nicht von Menschenhand gemacht,
nicht von Grafikern erdacht,
weil sie Blatt für Blatt,
der Künstler Frost gezaubert hat.

Ein Kunstwerk der Natur,
ein Wunder, reiner Schönheit pur.
Mit Schleiern fein und zart bestickt,
hat der Winter uns den Gruß geschickt.

Alles glitzert wie Kristall,
im Sonnenschein, allüberall.
Welch Schönheit, welche Pracht,
hat uns der Künstler Frost gebracht.

Ein neues Jahr schaut uns herein

Ein Jahr war uns geschenkt,
ein gutes Jahr, wenn man bedenkt.
Es hat viel Schönes uns gebracht,
gar oft hat uns das Glück gelacht.

Die trüben, dunklen Stunden,
haben wir auch überwunden.
Dankbar wollen wir das Jahr beschließen,
das Neue mit viel Schwung begrüßen.

Voll Hoffnung und auch Zuversicht
schaun wir der Zeit ins Angesicht.
Ein neues Jahr schaut uns herein,
mög es mit Glück gesegnet sein.

Mög es uns vor allen Dingen,
den Frieden und Gesundheit bringen.
Wir wünschen Gutes und wir hoffen,
das Tor zum Glück, es steht uns offen.

Die Autorin

Kathi Kitzbichler, geb. Sieberer, kam am 15. Oktober 1949 als jüngstes von sechs Kindern einer Kleinbauernfamilie in Vorderthiersee zur Welt.
Schon seit frühester Kindheit sind ihr die musischen Fächer ans Herz gewachsen. Musik, Malerei und Modellieren, vor allem aber das Schreiben von Gedichten sind für die seit 38 Jahren in Erl verheiratete Autorin und Mutter zweier Kinder die schönsten Dinge im Leben.
Zahlreiche Gedichte von Kathi Kitzbichler wurden in Büchern, Zeitungen, Anthologien, Zeitschriften und Kalendern veröffentlicht. Seit vielen Jahren verfasst die Autorin die Kolumne „Was mich bewegt" für die Österreichische Bauernzeitung. Drei Sendungen „A Stübele voll Sonnenschein" im ORF Tirol, die Aufnahme von zahlreichen Gedichten im RAI Bozen für die Sendereihe „Tirol is lei oans" und Lesungen in Nord – Ost – und Südtirol folgten.
Sagen aus Erl sind im Internet unter: www.sagen.at abrufbar. Etliche Gedichte von Kathi Kitzbichler wurden schon vertont.
1996 gewann die Autorin den ersten Preis beim ORF – Vierzeilerwettbewerb zum Thema „Für die Zukunft sorgen – entsorgen".
1997 erschien im Verlag Edition Tirol ihr Buch „Mittn im Leb´n", das in kürzester Zeit vergriffen war.
1998 wurde ihr „Krippenspiel in Tiroler Mundart"im ORF Radio Tirol als Hörspiel gesendet.
1999 erschien im Verlag Edition Tirol ihr zweites Buch „I schenk dia de Sunn", das ebenfalls mit einer Auflage von 1000 Stück nach drei Monaten ausverkauft war.
2000 erschien im Verlag Edition Tirol ihr erstes Buch in Hochsprache. Der dritte Lyrikband „Gedichte fein zum Strauß gebunden". Auch dieser Band ist längst vergriffen.
2002 erschien im Verlag Edition Tirol ihr vierter Gedichtband „Weil i di mog", welcher wiederum bei einer Aufla-